KB233934

밥을 멕이다

한 국 대 표
명   시   선
1   0   0

정 진 규

밥을 멕이다

시인생각

■ 시인의 말

세 권 시집의 자서自序에서

그간 여러 유형의 시선집을 낸 바 있다. 이번 시선집 한
국대표명시선100으로 나오는『밥을 멕이다』는『정진규 시
선집』(2007. 2. 1 책만드는집) 이후에 나온 시집들『껍질』
(2007. 8. 6 세계사),『공기는 내 사랑』(2009. 8. 20 책만
드는집),『율려집律呂集 · 사물들의 큰언니』(2011. 7. 11 책
만드는집) 등에서 자선한 것들이다. 이전 시집들의 주요 시
편들은『정진규 시선집』(2007. 2. 1 책만드는집)에 갈무리
되어 있으니 이번 시선집이 제2 대표 시선집이 되는 셈이
다. 혹 관심 있는 분들과 연구자들을 위해 미리 밝혀 둔다.
아울러 이번 시선집의 시편들이 지닌 시세계를 이해하는 데
독자들과 연구자들에게 도움이 될까 하여 세 권 시집들의
자서에서 주요 대목들을 가려 여기 요약해 두고자 한다.

다만 연기손성緣起本性의 생명률生命律을 근간 들숨날숨으
로 몸짓하고 있어 부끄러운 대로 자유롭다. 여기 묶은 시편
들을 쓰는 동안 내 정신의 운용과 쓰기의 운필이 그러하였
다고 감히 느낀다.

—『껍질』 자서에서

자연의 제 당길심이 무섭도록 크고 그 내오內奧의 세계에
흐르는 생명生命의 율려律呂가 주는 황홀은 더더욱 깊다는
것을 종심지년從心之年이 넘어서야 눈치채게 되었다.
　　　　　　　　　　　　　　—『공기는 내 사랑』 자서에서)

　　이제 모든 사물, 모든 대상을 리듬으로 만난다. 거기 시의
실체가 있고 몸이 있다. 율려律呂다. 율려란 우주의 생체 리
듬이다. 내가 추구해온 '산문시'의 리듬이다. 음陰과 양陽을
모든 대상으로부터 감지, 무봉교합無縫交合하는 존재의 총체
적 실현이다. 몸이다. 불이不二의 궁극이다. '율'의 어느 부
분에 '려'를 얹고 '려'의 어느 깊이에 '율'을 놓느냐, 어느 무
게를 골라 얹느냐, 그리하여 서로의 어느 길섶에서 몸 섞이
게 하느냐, 그 순간을 듣고 보느냐, 실체를 생산하느냐, 하
는 것이 시의 관건이다. 굴신자재屈伸自在, 순서대로 싹 틔우
고 꽃대궁 세우고 노랑꽃 한 송이 피우다가 허공에 날리는 민
들레의 비백飛白, 모두가 '율'과 '려'의 여합부절如合符節이다.

그 여합부절의 변형 실체다. '몸'이라는 생체가 그런 구조로 틈이 없이 흐른다. 육률六律 육려六呂를 감지하면서부터 내 시도 음양을 제대로 드나들고 있다고 할 수 있다. 운신運身이 자유롭다. 쓰고 나면 온몸이 개운하고 시장기가 돈다.

—『율려집·사물들의 큰언니』자서「율려」전문

이천십이 년 임진壬辰 장림하長霖下
석가헌夕佳軒 큰 느티 아래서

경산絅山 정 진 규 鄭鎭圭

■ **차 례** ──────────────── 밥을 멕이다

1

껍질

삽

삽이란 발음이, 소리가 요즈음 들어 겁나게 좋다 삽, 땅을 여는 연장인데 왜 이토록 입술 얌전하게 다물어 소리를 거두어들이는 것일까 속내가 있다 삽, 거칠지가 않구나 좋구나 아주 잘 드는 소리, 그러면서도 한군데로 모아지는 소리, 한 자정子正에 네 속으로 그렇게 지나가는 소리가 난다 이 삽 한 자루로 너를 파고자 했다 내 무덤 하나 짓고자 했다 했으나 왜 아직도 여기인가 삽, 젖은 먼지 내 나는 내 곳간, 구석에 기대 서 있는 작달막한 삽 한 자루, 닦기는 내가 늘 빛나게 닦아서 녹슬지 않았다 오달지게 한번 써볼 작정이다 삽, 오늘도 나를 염殮하며 마른 볏짚으로 한나절 너를 문질렀다

달항아리

한여름 내내 천 개의 애벌구이*에 한여름 내내를 쓴 적이 있다 붓이 잘 나가질 않았다 들끓는 나를 청화青華**로 달랜 적이 있다 자주 어지럽던 슬픔의 운필運筆을 구워 낸 적이 있다 슬픔에 사흘 밤 사흘 낮 불을 지피자 항아리가 빚어졌다 슬픔이 항아리를 빚어냈다 터질 듯 달항아리로 떴다 속을 비워 냈다 터질 듯 비워 냈다 그때부터 그런 아궁이 하나 지니게 되었다 너는 떠나고 어제는 진종일 혼자서 장작을 팼다 이번 한여름에도 사흘 밤 사흘 낮 불을 때야 할 모양이다 슬픔의 운필運筆이 또다시 시작되었다 벌써 호되다

*) 초벌구이. 유약을 안 바르고 저열로 처음 구워낸 질그릇.
**) 진사辰砂진사, 철사鐵砂 등과 함께 도자기에 쓰는 푸른 물감.

별무덤

일본 관심사觀心寺*엘 부랴부랴 다녀왔다 새삼 마음을 관
觀하고자 함이 아니라 거기 있다는 별무덤이 궁금해서였다
늦으면 천상天上으로 회수될 것 같았다 형상이 아니라 필시
상징이 분명할 그 실체를 감히 관觀코자 함이었다 하늘 놔
두고 왜 하필 땅에 내려와 묻히었을까 별똥별들의 부스러기
일까 식은 빛들의 부스러기일까 땅을 하늘이라 믿는 구석이
그들 별들에겐 있었던 모양이다 땅이 하늘이 되고 하늘이
땅이 된, 하늘과 땅이 한몸이 된 그 장대長大한 무덤을 겁도
없지 나 관觀하고자 함이었다 무엇을 보았다 하느냐, 거기
있지 아니한가, 나 다만 묻고 답하였을 따름이다

*) 일본 오사카 가와치나가노시 소재.

17

심검당尋劍堂*에서

　명산名山엘 들면 보인다 어김없다 단서端緒를 잘 잡고 서
있는 봉우리가 하나씩 있다 붓끝과 같다 하여 그 첨단을 필
봉筆峰이라 이른다 너의 단서에 내 혀를 나의 단서를 처음
댔을 때 그토록 와서 닿았던 우주의 뜨거운 율단律端, 떨리
던 필봉과 필봉 그게 모든 사물들에게도 꼭 하나씩 꼭지로
솟아 있다고 믿는 단서但書로 나의 시들은 그간 씌어져 왔음
을, 내 사랑의 단초도 그러하였음을 시력 좋은 분들은 찾아
읽었을 것이며, 그것이 그저 단서但書로 끝나고 있는 것들
또한 추려 내기도 했을 것이다 그렇다 요새는 도처에 잡히
지 않는 단서端緒 투성이다 보이지 않는 것 투성이다 나도
애를 먹고 있다 백내장 수술도 했다 했으나 신통神通치 않다
헛것만 보인다 필봉筆峰이 솟지 않는다 어제오늘 내리는 난
분분亂紛紛의 춘설春雪들 눈송이 하나하나에도 단서端緒가 있
는 법이어서 저리 난분분亂紛紛을 지으는 것인데 형상을 보
이는 것인데 그 속에서도 산수유꽃 노오랗게 치를 떠는 것
인데 나도 치를 떠는 것인데 우수경칩도 지났다 지척인 봄,

어디 갔느냐 심증은 잡았다 물증을 잡아야 하리 단서를 얽
은 단서를 끊어내야 하리 다른 길 없다 심검尋劒이다 칼을
찾아라!

  *) 수덕사修德寺의 말사 개심사開心寺의 요사채. 개심사는 백제
     의자왕 14년(654)에 창건. 그 모습 그대로 있는 천년고찰.

새벽, 봄비 내린다

　겨우내 꿰맨 마음의 솔기가 촘촘하다 동안거冬安居를 끝
낸 중들이 주섬주섬 길 떠날 채비로 궁성대는 새벽, 봄비 내
린다 연한 비, 비린내 난다 한 그루 산수유에서도 수런거리
는 소리 노랗다 봄 춘자春字 벌레 충자蟲字 그대로 준동蠢動
이다 벌레들 우듬지 끝까지 따라오르다 저런! 봄신명이 잘
못 지폈나 보다 헛발 디뎌 제 몸 패대기친다 터진 속내가
벌써 초록색이다 새순들 과식하셨구나 몸이 무거우셨구나

새는 게 상책上策이다

　새지 않으면 소리가 되지 않는다 음악이 되지 않는다 노래가 되지 않는다 구멍으로 새어야 소리가 된다 막히면 끝장이다 한소식도 들을 수 없다 새는 게 상책上策이다 새지 않으면 사랑도 되지 않는다 몸을 만들지 못한다 새끼를 만들지도 못한다 막히면 끝장이다 새는 게 상책上策이다 달도 뜨지 않는 그런 여자 하나가 바다가 출렁대지도 않는 그런 여자 하나가 오지도 않는 보름살이 때*를 부르며 슬피 울고 간다 새는 게 상책上策이다

　*) 미당未堂 「영산홍映山紅」

껍질

어머니로부터 빠듯이 세상에 밀려 나온 나는 또 한 번 나를 내 몸으로 세상 밖 저쪽으로 그렇게 밀어내고 싶다 그렇게 나가서 저 언덕을 아득히 걸어가는 키 큰 내 뒷모습을 보고 싶다 어머니가 그러셨듯 손 속에서 손을, 팔다리 속에서 팔다리를, 몸통 속에서 몸통을, 머리털 속에서는 머리털까지 빠뜨리지 않고 하나하나 빼곡하게 꺼내어서 그리로 보내고 싶다 온전한 껍질이고 싶다 준비 중이다 확인 중이다 나의 구멍은 어디인가 나갈 구멍을 찾고 있다 쉽지 않구나 어디인가 빠듯한 틈이여! 내 껍질이 이다음 강원도 정선 어디쯤서 낡은 빨래로 비를 맞고 있는 것이 보인다 햇살 쨍쨍한 날 보송보송 잘 말라주기를 바란다 흔한 매미 껍질 같이는 싫다 그건 너무 낡은 슬픔이지 않느냐

마른 들깻단

다 털고 난 마른 들깻단이 왜 이리 좋으냐 슬프게 좋으냐 눈물 나게 좋으냐 참깻단보다 한참 더 좋다 들깻단이여, 쭉정이답구나 늦가을답구나 늙은 아버지답구나 빈 밭에 가볍게 누운 그에게서도 새벽 기침 소리가 들린다 서리 맞아 반짝거리는 들깻단, 슬픔도 저러히 반짝거릴 때가 있다 그런 둥성이가 있다 쭉정이가 쭉정이다워지는 순간이다 반짝이는 들깻내, 잘 늙은 사람내 그게 반가워 내 늙음이 한꺼번에 그 둥성이로 달려가는 게 보인다 늦가을 앞산 단풍은 무너지도록 밝지만 너무 두껍다 자꾸 미끄럽다

어성초*에게

왜 네게선 그런 냄새가 나느냐 비 맞고 저승길 다녀온 새들의 살내다 떼로 밀린다 진동한다 비린내라면 비린내요 저승내라면 저승내다 나 살아 거기 드나들 수 있으니 경계가 없다 좋다! 이 또한 복福이지 않느냐 왕생往生이다! 죽어 이승내도 맡을 수 있겠느냐 너에게 묻는다

*) 잎에서 비린내가 나는 해독살균작용의 무공해 약초, 벌레가 접근을 못한다.

24

11월을 빠져나가며

흙담장에 걸린 먼지투성이 마른 시래기 다발들, 남루한 내 사랑들이 버석거린다 아직도 이파리들 땅에 내려놓지 못한 몇 그루 은행나무들이 이해되지 않으며 아직도 지속되고 있는 다른 이들의 철 지난 사랑이 이해되지 않는다 혼자서 돌아오는 밤거리 골목길엔 버려진 고양이들이 날로 늘어나고 나는 자꾸 올라가고 있는데 계단들은 그만큼 아래로 아래로 내려가며 비워지고 있다 빈 계단들이 허공에 매달려 흔들리고 있다 이제 너에게로 돌아가는 길은 위기로만 남아 있구나 골목길 들어서면 겨우 익숙한 저녁 냄새만 인색하게 나를 달랜다 이 또한 전 같지 않다 12월 때문에 11월은 가장 서둔다 끝나기 전에 끝내야 할 일들이 한꺼번에 들통 나고 있다 야적까지 하고 있는 빈터, 그 빈터에서 우리도 서둘러 끝내자 내리는 눈이라도 기념으로 맞아두자 마른 풀대들은 물론이거니와 나무와 나무들 사이가 분명해지고 강가에 서면 흐르는 물소리들도 한껏 야위어 속살 다아 보인다 서로 벌어져 있다 가장 견고하다는 네 사유의 책갈피도 여며지지 않는다 머물렀다고 할 수 없다 서둘러 11월은 빠져나갈 수밖에 없다

임청정臨淸亭 소나무

　배산임수背山臨水라는 말의 몸을 그것도 아주 잘생긴 몸을
보았다 합천과 거창에 자리하신 몇백 년 신격神格의 우리나
라 소나무들을 찾아가 절하며 뵈었는데 조금씩 무섭고 두려
웠는데 내가 들통 나는 것 같았는데 거창 신원리 임청정臨淸
亭 뒤꼍 소나무는 그렇지가 않았다 편안한 그늘을 드리우고
있었다 나를 들통 내지 않았다 솔직하게 말해서 편안함이란
들통 나지 않음이다 그 너머를 나는 아직 실감하지 못한다
그게 바로 저것인가 허공도 비울 만큼 비워 놓고 있었다 허
공에도 잘 닦은 길 하나 내고 있었다 드나들 자리가 있었다
산을 뒤로하고 물가에 서서 몇백 년 나를 기다린 배산임수
背山臨水, 말의 몸이 거기 있었다 어찌 될지 모르겠으나 내
무덤을 쓸 양이면 이게 지켜지기를 바란다

26

미필未畢

나는 개구리라는 말로 개구리를 보고 있었다 올챙이라는 말로 올챙이도 물론 줄창 그리하였다 망개나무가 무엇인지 모르면서 망개나무 열매가 빠알갛게 눈 맞고 서 있다고까지 쓴 걸 보면 알쪼다 애인이라는 말로만 애인까지 껴안고 있었던 걸 보면 더욱 알쪼다 개구리도 올챙이도 제대로 알았을 리가 만무하다 나의 애인들은 사흘이 멀다 하고 떠나가 버렸다 지리산 꽝꽝나무라고 쓴 적도 있는데 그건 더욱 캄캄이었다 이젠 개구리로 개구리를 보고 올챙이는 물론 망개나무도 망개나무로 보고 있다 안경도 쓰지 않는다 있는 그대로 다 보여서 떳떳하다 도감도 찾아보았고 실물도 속리산 가서 확인하였다 망개나무 자생지는 속리산이다 애인과 꽝꽝나무는 아직도 미필未畢로 남아 있다 할 일이 남아 있다 미필이 힘이 된다 특히 애인이 생기면 애인을 애인으로 껴안을 작정이다 별정別定도 있다 어려서부터 드나든 안성 칠장사 소나무는 그때도 미필이 아니었다 그가 돈독하게 손잡는 허공까지 상세하게 보았다 나는 거기 태생胎生이다

홍학의 이름은 기린이야

제왕절개도 한 바가 없고 어디 하나 금간 데 없다 늦게 시집가 낳은 내 딸의 아들 그러니까 내 손자, 눈에 넣어도 아프지 않은 준원이는 완제품 세 살, 늘 놀랍게 저를 가동한 다 세 살은 절대 자유다 순수 실체다 동물원 가서 홍학과 기린을 보고 와선 또 한 소식했다 까닭은 목과 다리가 길다 이겠지만 놀랍고 숨가쁘게 홍학으로 기린에게 건너갔으며 기린으로 홍학에게 건너왔다 드나들었다 하나가 되었다 묻지도 않는 정답, '홍학의 이름은 기린이야'로 그는 진종일 즐겁다 벌써 제가 셀 수도 없을 만큼 서로 다른 것들을 건너다녔다 트고 다녔다 이제 겨우 꽃이 피기 시작한 사과나무 밭에 가선 빠알간 사과들이 달려오는 소리를 손으로 미리 만지고 있었다

비극에 대하여

무엇이 오리라는 예감에 휘잡히는 날들이 날로 늘어나고 있지만 온 것은 없다 다만 이런 일은 있었다 신현정 시인네 집 잡종 진돗개가 강아지를 여섯 마리나 낳았다는 전화를 그날 아침 받았다든가 창가의 난분이 3년 만에 꽃대를 세웠다는 편지를, 낡은 향내 나는 육필 편지를 초로의 옛 애인으로부터 받은 해질 무렵도 있었다 이런 것도 예감의 그 무엇이라고 해야 하나 실체라고 해야 하나 아닌 것 같다 아무래도 사소하다 왜 우리의 삶은 불운을 예감으로 점치는 데 익숙한가 예감은 항상 크고 두려운 무게로 나를 가두고 떨리게 한다 왜 우리는 올 것이 왔다고 비극에 안도하는가 아직은 예감의 행복 연습인 것 같다 밝음 연습인 것 같다 행복과 밝음은 왜 무게가 나가지 않는가 어느 날 기습처럼 다가올 그 무엇을 지척에 두고 있는 것 같다 나를 한꺼번에 덮칠 것 같다 무엇이 오리라는 예감에 휘잡히는 날들이 나이 들수록 날로 늘어나고 있다 결국 줄어들고 있는 것이겠지 왜 우리는 올 것이 왔다고 비극에 안도하는가 비극은 무게가 나간다

2

공기는 내 사랑_1

되새 떼들의 하늘

　오늘 석양 무렵 그곳으로 떼 지어 나르는 되새 떼들의 하늘을 햇살 남은 쪽으로 몇 장 모사해 두었네 밑그림으로 남기어 두었네 그걸로 무사히 당도할 것 같네 이승과 저승을 드나드는 날개붓이여, 새들의 운필이여 붓 한 자루 겨우 얻었네 비표秘標 하날 얻어 두었네 한 하늘에 대한 여러 개의 질문과 응답을 몸으로 할 수 있다는 것은 얼마나 감지덕지할 일인가 오늘 서쪽 하늘에 되새 떼들이 긋고 간 비백飛白이여, 되새 떼들의 서체書體여, 자유의 격식이여 몇 장 밑그림으로 모사해 두었네 가슴팍에 바짝 당겨 넣은 새들의 발톱이 하늘 찢지 않으려고, 흠내지 않으려고 제 가슴 찢고 가는 그게 비백飛白이라네 하얀 피라네

박태기 꽃

　충혈인지 어혈인지 그쪽으로 자꾸 깊게 물들고 있다 진
자주다 한번 되게 그대에게 부딪쳤을 뿐인데 온몸 다닥다닥
꽃 벌기 직전이다 어쩌려고 이러나 등짬을 당겨보지만 돌아
서지 않는다 꿈쩍도 하지 않는다 갈 때까지 갈 모양이다 다
닥다닥 서둔다 어느 문전이라는 걸 벌써 다 알고 있는 눈치
다 박태기 꽃 맺힌 걸 다닥다닥 바라다보며 이 봄이 위태위
태하다 한번 되게 살구나무가 부딪친 것 만개滿開로 본 것이
엊그제인데 맘먹고 박태기 꽃 마지막을 서둔다 이 늦봄 꿈
속의 꿈까지 꾸어 몸 밖의 몸을 보려 한다* 박태기 꽃 진자주

*) 황정견黃庭堅 구句.

비 오는 날

　빗속에서 저 맨몸 빗줄기들 자연분만 된 줄로만 알고 있었더니 빗줄기 속에서 비가 비로소 몸을 얻고 있음을 여기와 보았다 비 젖고 섰는 큰 느티나무를 비가 와서 만든 줄 알았더니 느티나물 만나서 비가 비로소 느티나물 크게 적시게 되었음을 알았다 느티나무에게 잘 모시겠다고 큰절했다 이 늦봄 새벽, 사랑이 와서 초록 풀밭 아득히 적시는 빗소리를 귀 열고 있었더니 맨몸 적시고 있었더니 오래전에 있었던 초록 풀밭이 비로소 사랑을 몸 부리고 있음을 알고 큰절했다 노박이로 비 맞고 은하 건너온 칠석날 까치 두 마리도 아침 뜨락에 와서 이미 알고 있었다고 두어 번 짖었다

　※ 석가헌夕佳軒에서.

새들의 체위體位

　별난 체위로 새들은 허공과 몸을 섞는다 아득히 비어 있
는 것들 조그만 제 몸으로 빠듯이 채워 날아오르는 절정의
방식方式, 몸으로 치켜올리고 몸으로 치켜내리는 상승과 하
강의 속도, 임계속도臨界速度*로 섞는다 그때가 절정일 것이
다 특히 솔개의 급강하! 바짝 온몸 세워 파르르 눈 맞춘, 눈
싸움의 허공 벼랑! 까치독사도 낭자한 피로 아득히 꼴린 제
목을 부러뜨렸다 그만하다면 저승도 문제없으리 경계를 일
거一擧에 지우는 방식方式, 덕진공원에 스며들어 나 한밤 내
훔친 연꽃 벙글던 방식方式, 그 순간도 그와 다르지 않았다

　*) 임계상태에서 기체를 액화시키는 압력이 내는 속도. 그 힘
　　으로 비행기가 뜬다.

모과 썩다

올해는 모과가 빨리 썩었다 채 한 달도 못 갔다 가장 모과다운 걸, 가장 못생긴 걸 고르고 골라 올해도 제기 접시에 올렸는데 천신하였는데 그 꼴이 되었다 확인한 바로는 농약을 하나도 뿌리지 않은 모과였기 때문이라는 판명이 났다 썩는 것이 저리 즐거울까 모과는 신이 나 있는 눈치였다 속도가 빨랐다 나도 그렇게 판명될 수 있을까 그런 속도를 낼 수 있을까 글렀다 일생一生 내가 먹은 약만 해도 세 가마니는 될 것이다 순수한 것이라야 빨리 썩는다 나는 아예 글렀다 다만 너와 나의 사랑이 그토록 일찍 끝난 것도 그러한 연유에서였을까 첫사랑은 늘 깨어지게 되어 있다 그런 연고다 순수한 것은 향기롭게 빨리 썩는다 절정에서는 금방인 저쪽이 화안하다 비알 내리막은 속도가 빠르다 너와의 사랑이 한창이었던 그때 늘 네게서는 온몸으로 삭힌 술내가 났다 성성한 저승내가 났다 저승내는 시고 달다 그런 연고다

아버지의 수의

　시인 문인수는 임종 무렵의 아버지 이야기를 시로 썼지만 그런 생각이 들지 않는데 시인 김신용이 아무래도 은인이라는 생각이 든다 아버지는 김신용이 직접 지은 진솔 수의를 입으시고 이승을 뜨셨다 아무래도 나는 실물實物 편인가 보다 시를 오십 년이나 가까이 썼다면 시도 실물實物로 만져져야 마땅하지 않은가 나는 아직도 그와 같지 못하다 그게 시의 운명인가 비극인가 그래서 시인가 윤달이 들던 해 모두들 좋다고 해서 그때 수의 만드는 일로 밥을 먹고 있었던 김신용 시인에게 간청을 해서 진짜 국산 삼베로 한 벌 장만해 두었던 걸 아버지는 입으시고 이승을 하직하셨다 큰 재산 장만했다고 편안해 하시다가 수의는 최고의 정장正裝이다 그렇게 좋아해 하시다가 고요히 떠나셨다 어디 한 군데 조이지도 틀어지지도 않고 불편한 데 없이 먼 길 잘 걸어왔다고 꿈결에 전갈이 왔다 시인 김신용에게도 안부 전하라고 아버지의 전갈이 왔다 여기서 평생 입을 정장正裝이라 하셨다

공기는 내 사랑

감자 껍질을 벗겨봐 특히 자주감자 껍질을 벗겨봐 감자
의 살이 금방 보랏빛으로 멍드는 걸 보신 적 있지 속살에
공기가 닿으면 무슨 화학 변화가 아니라 공기의 속살이 보
랏빛이라는 걸 금방 알게 되실 거야 감자가 온몸으로 가르
쳐 주지 공기는 늘 온몸이 멍들어 있다는 걸 알게 되지 제
일 되게 타박상을 받는 타박상의 일등─等, 공기의 젖가슴이
가장 심해 그 타박의 소리를 어느 한밤 화성 근처 보통리
저수지에서 들은 적 있어 밤 이슥토록 떼로 내려앉았다가
무엇의 습격을 받았는지 일시에 하늘로 치솟아 오르던, 세
상을 들어 올리던 청둥오리 떼의 공기, 일만 평으로 멍드는
소리를 들은 적 있어 폭탄 터졌어 그 밤 그 순간 내 사랑도
일만 평으로 멍들었어 그 소리의 힘으로 나 여기까지 왔지
알고 보면 파탄이 힘이야 멍을 힘이라고 말할 수밖에 없어
나를 감자 껍질로 한번 벗겨봐 힘에 부치시걸랑 나의 멍을
덜어가서 보탬이 될 거야 이젠 겁나지 않아 끝내 너를 살해
할 수 없도록 나를 접은 공기, 공기는 내 사랑!

준비

　나는 왜 매일 아침 샤워를 하고 뜨는 해도 그렇게 맨몸으로 온다고 맨몸으로 믿는가 속옷을 갈아입고 향수마저 뿌리는가 내 슬픈 살이 마지막 수습될 경우 잘 보이려고 그런다 깨끗하지 못했던 만큼 깨끗하고 싶어서다 오늘 내가 어떻게 될지 나도 모른다 잘 수습되고 싶다 오늘도 그렇게 시작되었다 속내가 따로 하나 있기는 하지 염습殮襲은 평생 두고 스스로 혼자서 하는 거지

수유리를 떠나며

수유리 30년을 데리고 나 떠난다 얼컥 이는 호끈한 내음*
가슴 안고 나 떠난다 두고 갈 수 없었다 산수유 한 그루, 꽃
피면 떼로 날아들던 꿀벌들의 몸즙 향기, 얼컥 이는 호끈한
내음, 순전純全히 그걸로 길 찾아들었다 예까지 왔다 산수유
30년을 데리고 나 떠난다 산수유별사山茱萸別辭를 따로 쓰지
않아도 되게 되었다 산수유 꽃 피는 올봄에도 꿀벌들 새집
찾아들게 되었다 나도 새집 찾아들게 되었다 산수유 30년,
새집 마당에 얼컥 이는 호끈한 내음! 순전純全히 옮겨 심게
되었다

*) 얼컥 이는 호끈한 내음: 김영랑 시 「42」(영랑시집 1935,
   시문학사)에서. <페로몬>으로 정진규 독해. 시 「산수유」가
   있음.

범종의 젖꼭지

늘 울어야만 하는 범종의 젖가슴엔 몇 채 유곽乳廓*이 소슬히 솟아 있다 제 젖꼭지 제가 물려 제 슬픔의 허기를 제가 달래야 하니까

*) 유곽乳廓, 젖꼭지의 집.

42

3

공기는 내 사랑_2

슬픈 공복

거기 늘 있던 강물들이 비로소 흐르는 게 보인다 흐르니까 아득하다 춥다 오한이 든다

나보다 앞서 주섬주섬 길 떠날 채비를 하는 슬픈 내 역마살이 오슬오슬 소름으로 돋는다

찬바람에 서걱이는 옥수숫대들, 휑하니 뚫린 밭고랑이 보이고 호미 한 자루 고꾸라져 있다

누가 던져두고 떠나버린 낚싯대 하나 홀로 잠겨 있는 방죽으로 간다 허리 꺾인 갈대들 물속 맨발이 시리다

11월이 오고 있는 겨울 초입엔 배고픈 채로 나를 한참 견디는 슬픈 공복의 저녁이 오래 저문다

아득한 틈새

사람 솜씨의 정교함에 대해서는 이번 석굴암 보고 와서
라든가 매번 놀라면서도 바람결이 물무늬를 그려 내고 있는
감포 앞바다에 와서도 그 젖어 있는 정교함의 성분性分*을
가려내지 못했음을, 그런 보아내기의 느림을 이 느림의 나
이에 와서야 느리게 보아 내고 있다 느려야 보이는 자연의
속도에 대하여 이 느림의 나이에 대하여 쓰고 있다 하다못
해 한 뿌리 쇠뜨기풀이 안 보이는 흙의 틈새를 메꾸며 아득
히 일어서 거기 아득한 틈새가 있었음을 몸으로 채우고 있
는 걸 오늘 아침 뒤꼍의 풀을 뽑다가 바랭이 풀과 함께 만
났다 새들의 작은 눈동자는 무섭다 거기 아득히 고여 있는
아득한 하늘 길을, 새가 내려다본 아득한 지상을 들여다보
다가 아득하다는 말씀을 저리게 만졌다 그걸 끌어당겨 순간
의 높이로 급강하는 솔개의 틈새를 내가 아득히 당겨 그었
다 쩌르르르 행복하였다 잘 빠진 낙법落法 하나가 아득한 키
로 지상地上에 파르르르 꽂혀 있었다 아득한 성분性分이 있
었다

*) 허만하 시집 『바다의 성분』

율려律呂여

　저녁이 오는 시간은 밝음에서 어두움으로 가는 땅거미의
보법步法이 가장 분명하다 피리 소리를 내며 윤곽을 긋는 시
간의 손을 보여 준다 律呂율려, 피리를 부는 그대 손가락
이 눈에 밟힐 것이다 한 그루 나무의 그 한 그루는 물론, 이
파리들의 가장자리에 고이는, 번지는 그런 몸의 발가락들을
보여 줄 것이다 큰 나무는 물론 작은 풀잎이 오늘 피운 꽃
잎들의 다무는 입술에도 그 보폭과 걸음새를 보여 줄 것이
다 아니 그런가 한 그루 느티여, 질경이풀이여, 제일 분명한
것은 안산 저녁 능선일 것이다 거기 서 있는 나무들의 키가
비로소 하루 치 완성의 키를 얻는다 몸을 얻는다 모든 완성
의 내부에는 소리가 흐른다 저녁은 완성의 시간이다 어두움
의 律呂율려여

차운 次韻

　시의 천수답에 겨우내 꽂혀 있던 녹슨 삽이여, 그리웠던 그들먹한 논물이여*, 물꼬여, 물꼬여 내색內色도 않더니 자위도 돌지 않더니 이다지 다른 몸으로 올 수도 있었구나 이 봄 꽃공출供出이 한창이다 끝장을 내겠다 한다 석가헌夕佳軒 마당에 어서 와 보시게나 산수유 영산홍 가지 끝 끝마다, 앵두는 온몸 열어 겨드랑이 사타구니까지 꽃으로 들이미는 꽃들의 공출供出이여 공출 마당이여 너를 되찾아 들여앉히는 길, 다른 길이란 흔적도 없다 오직 꽃공출供出로 다 지워져 물꼬를 트고 있다 길을 내고 있다 천수답이여, 모처럼이로 다 논두렁 무너질라 넘칠라 그들먹한 논물이여 염치가 없구 나

*) 정수자 시인의 시조 「천수답」에서 차운次韻.

48

꼬집어내다

나는 꼬내다라고 쓰고 말한다 그래야 꺼내다의 몸이 보인다 나는 무어든 계속 꼬집어내는 마술사, 매일 아침 아끼는 흰 비둘기 한 쌍씩을 꼬내 날렸고 좀 전엔 김이 모락모락 나는 둥글고 흰 빵 한 접시를, 따뜻한 두부 한 모를 복역 중인 억울한 한 사내를 감옥에서 꼬집어내 그의 코 밑에 내어밀었으며, 직전엔 높푸른 가을 하늘을 날아가는 기러기 떼들을 내가 꼬내 날린 것이라고 우겼다 알겠다 사랑이란 그렇게 무어든 계속 꼬집어내서 네 바구니에 넘치게 담는 것임을 몰랐었구나 거기 담았다고 끝내 우기는 것임을 몰랐었구나 사과밭에 가서는 사과나무에서 빠알간 사과들을 꼬집어냈으며, 무릇 꽃밭에 가서는 상사화들을 지천으로 꼬집어내 석 달 열흘 빠알갛게 떼울음 울게도 하지 않았던가 꼬집어낼 것이 없는 극빈이라 한다면 더욱 약탈처럼 꼬집어내다 너를 채우라고, 극빈까지 꼬집어내서 네 자궁子宮을 채우라고 하신다

49

해 지는 저녁 능선

　해 지는 저 저녁 능선으로 뛰어가는 한 사내가 보인다 해
지면 능선에 서 있는 나무들의 키가 분명해지는데 웬 사내
가 오늘은 능선에서 뚜렷해지고 있다 나무들은 그냥 서 있
어서 더욱 그렇다 사내는 움직이고 있어서 더욱 그렇다 또
하나 있다 능선으로 기일게 치닫는 고라니, 분명 고라니일
것이다 며칠 전 덫에 걸린 고라니 장고기로 밥을 먹었었다
고라니를 쫓고 있는 사내, 점점 거리가 벌어진다 그 간격만
결국 보인다 어둠이 왔다 사내도 고라니도 보이지 않는다
간격의 실물들 보이지 않고 보이지 않는 간격만 보인다 해
지는 저녁 능선도 그 실물들도 마침내 보이지 않게 되었다
간격이 확실해졌다

모든 사진에는 내가 보이지 않는다

나는 나를 실사實寫할 수가 없습니다 나는 나를 내색內色할 수도 없으며 나를 열지도 닫을 수도 없습니다 빗장을 스스로 도둑맞은 지가 벌써 수십 년, 당신이 찍은 모든 사진에 내가 보이지 않는 까닭을 아시겠는지요 빛과 어둠을 분간 못 하는 제가 이해되시는지요 그 사이에서 태어나는 실체實體를 도둑맞은 지가 벌써 수십 년, 내가 써온 시에서 느티나무가 나요 내가 느티나무로 운영되어 왔으니 어느 쪽에도 나는 없습니다 다시 태어나고 다시 태어나다 보니 모든 나는 없는 나가 아닌지요 모든 여자들이 나를 내소박하는 까닭이 이해가 되시는지요 한평생 나를 실사實査한 내 아내도 실사實寫를 못 했습니다 오늘도 변함없습니다 천수千手여, 허공 이파리들이여, 다만 한 이파리 이파리마다 나누어 심는 햇빛 빨판이여, 나의 잠적이여 아침마다 해 뜨는 한복판에 한 그루 느티로 다시 서는―, 변함없습니다 날마다 나는 새로 입적入籍하고 있습니다 입적入寂하고 있습니다

51

석가헌 근방

나는 어디서나 하루 종일 근방을 맴돈다 월수금月水金 하루걸러 세 번은 소외될까 봐 조금 겁먹은 얼굴로 서울 올라가고 화목토火木土는 석가헌에서 느릿느릿 밥 먹고 늦게 잠들거나 밀린 책을 읽거나 붓장난을 하거나 시가 써지기를 기다린다 일요일은 덤으로 주어진 날, 근방을 꽤 깊게 돌아다닌다 그러다 보면 폐가도 만나고 한낮 똬리 틀고 엎드린 까치독사를 만나기도 한다 무너진 담장에 붉게 기댄 키가 커 슬픈 접시꽃들이 아무래도 수다스럽기만 하다 혼자서 만나는 풍경들 사이론 바람이 지나가는 게 아니라 그 사이에 한참씩 머물러 쉰다는 것도 알았다 그게 고요의 얼굴이라는 것도 만졌다 오토바이로 장보고 돌아오는 이장里長이 잠시 내려서 마을회관으로 가자 한다 통닭 몇 마리를 사왔으니 소주 한잔하잔다 함께 무얼 먹어야 말문이 트이는 사람들, 맨입으로 되느냐는 말 들어보신 적 있지 눈길이라도 손길이라도 한 번 더 가서 닿아야 모종 내 심은 고춧대 키가 다르다

여기 것 새로 다르다 날아오르는 콩새들이 부시고 가는 고
요의 부스러기 해질녘 허공을 채울 때까지 나는 근방을 맴
돈다 맨입으로 되느냐는 말 들어보신 적 있지 조이자 더 조
이자 풍경들의 사이를 빠듯하게 조이고 있는 고요를 만나자
고요의 쐐기!

언총言塚 2
── 금강시법金剛詩法*

벙어리들은 거의 듣지를 못해요 듣는 일과 말하는 일은
같은 일이니까요 소리는 소리끼리 통通하니까요 수화手話로
말을 해요 소리를 만들어요 배꽃 지는 것 보셔요 보이는 일
은 혼자서도 해요 말도 버리고 소리도 버리고 산을 내려와
서 묵언默言 십 년도 버리고 와서 말무덤을 언총言塚을 쓰고
와서 누가 이제 다 비웠다 하였더니 보이는 것은 역시 보였
어요 어머니 얼굴을 잊지 않았어요 곧바로 달려갔어요 알아
보았어요 배꽃 지는 것 보고 알았어요 말 못해도 듣지 못해
도 꽃 지는 것 하얗게 보여주는 월백月白의 밤

*) 금강반야바라밀경金剛般若波羅蜜經

삼청동三淸洞 산벚꽃 만개할 때

  그의 목소리가 또 깊어지기 시작했다 그렇게 되면 그가 내 마음의 부위部位 어느 한적한 정거장에 혼자서 내리고 있는 게 보이기 시작하고 그가 걸어서 갈 내 마음의 생가生家에 미리 당도해 군불을 지피고 있는 낡은 내가 또한 보인다 여러 번 그런 일이 있다가 보이다가 지워지다가 꽃봉오리들 구름 떼로 터지는 순간 무작정이 막무가내가 시작되었다 터지었다 우리들의 길목에 흐드러지게 만개했던 삼청동三淸洞 산벚꽃들이 그리 길목을 막았고 일거一擧에 다른 길들을 모두 지웠다 늘 그게 징조였다 오도 가도 못하는 무작정이 막무가내가 또다시 시작되곤 하였다 무작정의 막무가내의 기별이여, 오늘 나 여기 일박一泊만이라도 좋다 내 사랑의 생가生家여, 군불을 지피고 있다 생가生家의 사랑이여

4

律呂集・사물들의 큰언니_1

律呂集 1
— 조선 채송화 한 송이

　소리의 속살들이 보인다 날아가는 화살들만이 아니라 되돌아 다시 오는 화살 떼들이 보인다 한 몸으로 보인다 너와 나의 운동엔 순서가 따로 없다 사랑의 운행엔 시간이 따로 없어서 거기 다 있다 그러나 비만肥滿이 아니라는 사실이 우리를 놀라게 한다 너와 나 사이를 빼곡빼곡 다져 쟁이는 빛의 초속超速들, 긋고 간 흔적이 없다 빛은 세상에서 가장 날렵하다 〈쇠도끼 갈고 갈아 담금질 얼음 담금질 살로 빚은 금강金剛〉*, 제 혼자서도 날아가는 날아오는 빛의 도둑 떼들이여, 햇살들이여, 해 뜨는 이 아침 자욱하구나 명적鳴鏑을 듣는다 살 섞는 소리를 듣는다 마악 피어난 작은 조선 채송화 한 송이가 찰나라고 일러야 하느냐 언제 제 혼자 피어 저리 세상에 빼곡빼곡 쟁여 있느냐

*) 설악雪嶽 오현五絃 스님 심우송尋牛頌 차운次韻.

律呂集 2
— 밥을 멕이다*

어둠이 밤새 아침에게 밥을 멕이고 이슬들이 새벽 잔디
밭에 밥을 멕이고 있다 연일 저 양귀비 꽃밭엔 누가 꽃밥을
저토록 간 맞추어 멕이고 있는 겔까 우리 집 괘종 붕알시계
에게 밥을 주는, 멕이는 일이 매일 아침 어릴 적 나의 일과
였던 생가生家에 와서 다시 매일 아침 우리 집 식구들 조반
을 챙기는 그러한 일로 하루를 열게 되었다 강아지에게도
밥을 멕이고 마당의 수련들 물 항아리에도 물을 채우고 뒤
꼍 상추, 고추들 눈에 뜨이게 자라 오르는 고요의 틈서리에
도 봄철 내내 밥을 멕였다 물밥을 말아주었다

*) '먹이다'의 안성 사투리.

律呂集 3
― 마르게 웃는

물 든는 빨간 고무장갑을 빼면서 겨울 뜨락에서 나를 맞
는 제수씨, 혼자된 제수씨처럼 마르게 웃는 슬픔을 나는 안
다 흐르다 멈추고 멈추었다 다시 흐르는 강물 끊긴 자리에
허리 꺾인 마른 갈대를 나는 안다 칼국수를 미는 제수씨의
홍두깨가 어느새 구겨진 슬픔을 밀고 있다 이장里長 볼 때,
아우가 타고 다녔던 낡은 자전거 한 대가 아직도 헛간에 기
대어 서 있다 구르지 않는 슬픔을 나는 안다

律呂集 6
― 사물들의 큰언니

  모든 직속들 가운데는 제일번第一番 직속이 심복心腹이 반
드시 있기 마련이다 모든 사물들의 큰언니가 반드시 있다
작은언니들도 충실하게 따라 웃는다 부처님의 직속, 건달들
이 대로변에서 공즉시색 색즉시공 열심히 탁발을 하고 있다
큰 느티의 직속, 매일 아침마다 첫 번째 햇살로만 첫물로만
쟁이고 쟁여 터뜨린 이파리들, 초록 금강金剛들로 큰 그늘을
드리우신다 공기의 직속, 바늘구멍까지 파고들어 고이고 고
이는 들숨 날숨의 숨결들이 고랑을 내고 있다 저녁노을의
직속은 돌아오는 되새 떼들의 방향을 한바탕 그려 내는 속
도의 색채를 펼친다 패랭이의 직속, 눈이 오는 초겨울까지
홑겹의 꽃잎만으로도 오지 않는 사람의 길목을 지키는 사랑
의 겯간을 지니고 있다 나의 직속, 바람들이 근간엔 마른 풀
들 전신으로 궁그는 벌판에서 거듭 고꾸라지고 있다 이럴
때마다 나는 직전直前을 예감한다 무엇이 다가서고 있는가
사물들의 큰언니, 작은언니들아, 꽃피는 실체實體들아

律呂集 8
― 수련睡蓮

닫기는 고요로 피는 꽃, 꽃이 터질 때마다 꽃을 꿰매는
무봉無縫의 손을 보았다 닫기는 고요를 보았다 그렇게 터지
는 또 다른 꽃을 보았다 한낮이 지나면 수련들은 어김없이
입을 다문다 닫기는 꽃이여, 닫겨서 피는 꽃이여 터지는 고
요여, 고요의 비수匕首여

律呂集 9
― 눈 오는 저녁에

    싱싱한 돈절頓絶이 사흘째 하얗게 켜로 깔리고 있다 이제 가장자리까지 아득히 지웠으니 기다리지 않고도 시가 되는 저녁이 곧 오리라 죽음의 봉분까지 하얗게 평토平土치는 폭설이여, 싱싱한 돈절頓絶이여 광光케이블까지 빗장 걸고 실로 오랜만에 외로움의 속살을 고맙게 만지고 있다 외로움이 무한 증식되고 있다

律呂集 10
— 달마농법達磨農法

　　나는 과원을 경작 중이다 따뜻한 햇살과 부드러운 바람과 하느님의 비가 섞인 예감과 체험으로 잘 비벼 향기로운 살결을 빚는 비법을 터득하고 있는 중이다 아침밥을 먹고 나면 어김없이 나는 꿀벌 통을 살피러 언덕을 내려갈 것이다 꽃들이 몸을 섞는 살을 만드는 달밤을 위하여 나는 하루 종일 햇볕 속에서 비의 통로를 꿀벌들과 함께 열어두어야만 한다 나는 겨우 두어 번쯤 밀짚모자를 벗어 이마의 땀을 훔칠 것이다 나의 경작일기耕作日記는 예감과 실천으로 가득 차 있다 그게 나의 농경법農耕法이다 달마농법達磨農法이라는 게 있다 통로를 대자유大自由로 한껏 열어 주어 정신없이 드나들게 해야 한다 함몰의 끝에서 실과가 영근다 온갖 벌레들과 혼숙하는 그들만의 비밀의 쪽방을 따뜻하게 미리 뎁혀 두는 시간의 장작들을 말리고 아궁이에 불을 지피는, 저녁을 아는 짚어내는 예감과 체험의 결이 깊게 패인 손을 나는 어느새 가지게 되었다 나는 뛰어난 경작법을 잘 알고 있다고 말하지 못한다 그대여 어떻게 사랑법法을 입으로 말하겠는가 다만 와서 보시라고 만져보라고 어젯밤에도 귀농을 꿈꾸는 그대에게 길고 긴 편지를 썼다 한 가지 겸허하게 순종할 수밖에 없는 일이 있다 꽃필 때의 하느님 인심은 어쩔 도리가 없다 가난하게 통과해야 할 통로가 하나 있다 춘설

난분분春雪亂紛紛이라는 말을 시인들은 소리 질러 찬양하지
만 나는 절망을 소리 질러 외친다 그런 꽃필 때를 통과한
과실들은 어김없다 삐뚤다 못생겼다 헛농사라는 게 있을 수
도 있다 다만 혼자서 몸부림쳐 깊어진 속상처의 살결들은
씹을수록 별다르게 달다 울어나는 맛이다 향기가 다르다 천
한 것들의 깊이라는 게 있다 그 질긴 별미를 즐길 줄도 알
아야 한다 그런 꽃몸을 탐할 줄도 알아야 한다 편지를 그렇
게 마무리했다 삽과 괭이를 잘 씻어 달빛 드는 헛간에 세워
두고 그렇게 길고 긴 편지를 한밤 내 썼다

律呂集 15
— 비 오는 날

콩밭에 내리는 빗줄기 젖는 콩잎들 들깨 밭에 내리는 빗
줄기 젖는 들깻잎들 한참 보고 있노라면 보고 있는 나와 젖
은 콩잎들과 젖은 들깻잎들이 무관하지 않다 나도 젖는다
빗줄기 저도 젖는다 비 오는 날은 내가 무관하지 않다 모든
사물들과 유관하다 젖어서 그것도 아득히 유관하다 비안개
피어오른다 젖어서 이어진다 이어지는 소리가 나와 콩잎들
을 들깻잎들을 빗줄기들을 건너다닌다 소리의 줄기가 빗줄
기가 보인다 한참 너와 건너다닐 적 생각이 난다 실컷 보고
들었다 이젠 지워지지 않을 것이다 비 오는 날은 내가 무관
하지 않다

律呂集 16
— 늦가을 1

　울음 살결, 소리 살결 슬픔의 소리테가 소리 없이 둥글게
돈다 많이 느려졌다 여름내 징 한 채로 울고 울던, 울음으로
닳아진 살결 그래도 가을 살결엔 햇살 꼬리가 남아돈다 세
상에, 슬픔도 끝자락에선 빛으로 머무는 걸 본다 쉽게 놓지
않는다 둥글다 닳아진 징바닥 하나로 둥글게 남은 네 가슴
아무래도 많이 얇다 얇아서 깊이가 보이기 시작한다 좀 춥
다 허리 꺾인 연꽃 줄기들 늦도록 방죽을 떠나지 못한다

律呂集 17
— 궁宮*

트기 시작한 우리 집 마당 산수유 꽃눈들 조금 만지고 지나간 봄비의 손톱 밑이 노오랗다 뒷마당 우물 속에 떨어진 봄비는 노오란 색깔로 여는 상징의 소리를 낸다 정간보井間譜여, 상징의 실물들은 아무래도 실한 큰언니들 봄날의 젖무덤들, 한참 젖몸살을 앓고 있는 신음이다 지난겨울은 참혹했다 젖은 제 몸을 눕히지 않는 곳이 없는 봄비의 저 부드러운 전폭은 실로 무서운 보복이다 상징의 소리가 당도하기도 전 햇살들의 손목에 끌려 서둘러 떠난 겨울, 미처 동행同行을 놓친 흰 눈의 뒤꿈치가 내 가슴팍에 눌려 있다 네가 남긴 상처, 슬픈 낙관마저 적시고 있다 젖몸살 앓는 소리 깊게 소곤거리니 받아 적는 글씨도 빼곡하게 잘다 틈새마저 젖는 무서운 보복의 서체書體여 율려律呂여

*) 율려본원律呂本元(『율려신서律呂新書』. <모든 소리는 양陽이다. 아래서부터 올라가서 그 반半에 미치지 못하면 음陰에 속하며 통달하지 못하므로 쓸 수가 없다. 올라가서 반에 미친 연후에 양陽에 속하며 비로소 화창함으로 그 처음에 써서 궁宮이 되니>.
율생오성律生五聲, 궁상각치우宮商角徵羽.

5

律呂集・사물들의 큰언니_2

律呂集 18
― 늦가을 2

　　사물들의 경영이 날로 자세하다 상세해지고 있다 얇아진
만큼 깊이가 보인다* 청솔모도 곤줄박이도 잣을 까내어서
비워내어서 비워냄을 입 안에 잔뜩 물고는 먹지도 삼키지도
않고 어디론가 바삐 가져가고 있다 이 가지에서 저 가지로
건너뛰는 뒷다리의 정강이가 그 어느 때보다도 심줄 팽팽하
다 그게 늦가을의 몸들이다 비어 있는 내 곳간, 비어 있는
항아리, 박물관에 전시 중인 그 어떤 그릇도 깨어진 토기 하
나마저 채워져 있는 걸 본 적이 한 번도 없다 항아리 속에
서 신라 적 거미줄일까 거미줄에 걸린 하루살이 두 마리를
한참 들여다본 적은 있다 하루살이가 정말 영원을 살고 있
다고 생각해 본 적은 있다 마른 냄새라는 게 있다 박물관
냄새, 역사의 경영은 가감이 없어야 하리 비워냄의 냄새 비
어 있음의 충만이리 내 사랑의 경영이 이토록 날로 자세해
지고 있다 마른 쑥내가 나고 있다 직성直星**이 풀리고 있다

---

　*) '얇아진 만큼 깊이가 보인다': 정진규 시 「律呂集 16 · 늦
　　가을 1」.
　**) 사람의 행년行年을 따라 그 운명을 맡는 별.

律呂集 20
一 집

그의 등줄기에 상량문上樑文 한 줄 기일게 썼다

대들보 하나 올렸다

律呂集 28
― 태胎

　여자들은 무엇에나 한 그릇 밥을 고봉으로 슬어 놓는다 하얀 알을 슬어 놓는다 지어 놓는다 낳는 일과 짓는 일은 다르지 않다 고추 농사지을 때마저 그렇게 한다 가득 밴 노오란 고추씨들 가을 햇살 아래 쏟아진다 배를 따고 있다 그래야 직성直星이 풀린다 다행이다

律呂集 30
― 산비알

빛바랜 사랑이여 나이 든 여자가 들꽃을 꺾고 있다 혼자
서 산비알에 엎드려 노오란 들국을 꺾고 있는 나이 든 여자
의 굽은 허리여, 슬픈 맨살이 햇살에 드러나 보였다 히야!
오랜만에 눈물겨웠다 중얼거렸다 나이 든 여자의 슬프게 아
름다운 산비알이여

律呂集 32
― 보체리保體里*

마악 지고 난 붉은 배롱나무 꽃자리를 통과하고 있는 쓸쓸한 저녁노을 묻히고 서 있는 여자의 바알간 목덜미, 그렇게 나를 기다리고 서 있는 그에게로 오늘도 내가 숨어든다 돌아오고 있다 오늘도 낡은 가방을 들고 30년대처럼 내가 아주 작은 키로 버스에서 내리고 있다 중절모를 쓰고 있다 논두렁길로 한참 더 걸어 들어가야 한다

*) 나의 생가 마을.

律呂集 42
— 방죽에 대하여

예 와 살면서 방죽 하나 공들여 가꾸고 있다 맑은 산물도 끌어대고 언덕엔 나무도 심고 야생화도 캐다 심었다 참붕어도 여러 마리 윗마을 움벙에서 이장里長이 건겨다 넣었다 연뿌리 심어 기다리고 있다 삼 년째다 살얼음 잽히던 날 내가 낚싯줄 거두던 날 늦가을 저녁 허리 꺾어 연잎 떨구더니 지난겨울에도 얼어 죽지 않고 봄 들자 파아랗게 고개 든 연잎들 하늘 향해 활짝 개었다 햇빛 쟁이고 쟁여 세상 가득 개었다 초록 금강金剛 연뿌리 햇빛 쟁이고 쟁여 초록으로 개었다 닫힌 너도 열 수 있겠다 하지夏至 지난 오늘 아침엔 해 뜨기 전 나가 보았고 조반 먹고 또 나가 보았다 꽃대궁마저 일어서 올부턴 분홍빛 뾰족한 향기 주먹으로 닫힌 네 가슴 두드리기 시작했기 때문이다 잘 있느냐 가시연꽃이다 아무나 덤벼들 수 없다 화알짝 향기로 개이는 날 너를 이 꽃방석에 앉힐 것이다 뿌리치겠느냐 그러면 죄받는다 자다 깨면 늘 타던 목도 이젠 갈하지 않고 막힌 눈물샘마저 트였는지 슬픔의 촉기란 것도 알게 되었다 아득하게 젖을 줄도 알게 되었다 날마다 잠도 깊게 들었다 꿈속의 꿈까지 꾸었다 젖었다 알고 보니 방죽이 마을의 가습기였다 집집의 가습기였다

律呂集 45
― 꽃을 가꾸며

산다는 게 이리 축복이라는 걸 알게 되었다 해 보니까 확실히 그렇다 나를 가꾸는 게 꽃이기도 하거니와 내가 그런 꽃들을 가꾸는 사람이라니! 축복이다 꽃으로 내가 날로 가꾸어지고 있다니! 날 버리고 간 사람아, 다시 돌아오시게나 가꾸는 힘을 내가 꽃들에게 주고 있다니! 그대에게도 진정 이젠 드리고 싶네 나도 그대에게 밥을 멕이고 싶네 흘리지 않고 멕이고 싶네 꽃들에겐 이음새가 있다네 수선화 제가 다 못 멕이면 앵초에게 앵초는 달맞이꽃에게 이내 손잡아 건네는 어머니의 손, 멕이는 손, 연이어 핀다네 꽃을 가꾸어 보아야 저승까지 보인다네 저승까지 당겨서 보게 된다네 어머니가 보인다네 저승까지 당겨서 꽃밥 멕이는

律呂集 47
— 11월의 저녁

　시를 읽는 이 11월의 저녁이 왜 이리 아득히 쓸쓸하다냐
내일 만나 저녁을 함께 먹기로 한 애인이 그 일을 잊지 않
고 감행해야 하겠다고 전화가 오다가 끊어지고 감행이라는
말을 쓰는 걸 보면 이미 그의 감성의 행간에서 빼곡하게 자
라던 그리움의 융모絨毛가 성장을 멈춘 게 틀림이 없고 많이
지워진 거란 생각이 들었다 뜨락의 개가 자꾸 짖었는데도
사료 주는 걸 밤이 꽤 깊었는데도 잊고 있었고 나도 저녁
먹는 걸 잊고 있었고 그저 하얀 공복이었다 시만 계속 읽고
있었다 쓸쓸한데도 시에 매달리고 있었다 까닭인즉 쓸쓸함
이 앞으로 나가는 만큼 등 뒤의 쓸쓸함을 시가 지워주고 있
었기 때문이다 달래주고 있었기 때문이다 한참 그렇게 시달
리다가 11월의 이 쓸쓸함을 총체적으로 규명하고 싶었다 확
인한 바로는 첫째, 11월이 그 위대한 이유이고 우주가 제일
깊게 기우는 시간이고 내 음양이 그렇게 기울고 있었기 때문
이었다 12월은 일어서기 시작하는 직전直前의 시간이고 11

월은 마지막으로 기우는 시간이기 때문이고 그 무게를 내가 감당하기 쉽지 않았기 때문이었다 두 번째 이유는 내가 시를 읽고 있었기 때문이고 읽을수록 나의 시간이 공복이 되어 가고 있었기 때문이었다 애인이 나와 내일 저녁을 먹는 일을 감행이라고 한 말이 실은 가장 가까운 쓸쓸함의 주범이라는 걸, 그리움의 융모가 그와 나의 행간에서 성장을 멈추었기 때문이라는 걸 나중에서야 확인했다 나의 옹졸함이여

律呂集 50
— 연꽃 한 송이 들고

연꽃 벙그는 아침이면 지팡이 짚고 여기 나와 한참씩 앉
았다 가곤 하였다고들 마을 사람들이 기억할 것이다 실은
한 송이 연꽃이 터질 때마다 가슴에 비수匕首를 맞고 있었음
을 아무도 눈치채지는 못하였으리라 연꽃 벙글던 어느 해
아침 이 언덕에서 그는 이별의 비수匕首를 가슴에 받았다 그
는 그 기억으로 한참씩 혼절하고 있었던 거였다 버리고 벼
리어서 사랑으로 벼리어서 던지는 이별의 비수匕首, 터지는
연꽃 한 송이 그게 사랑의 완성이다 그 완성으로 그는 한참
씩 혼절하고 있었던 거였다 살 내리던 거였다 그는 그렇게
연전 어느 날 아침 완성되었다 벼린 작두날 맨발로 올라 연
꽃 한 송이 들고 허공으로 높이 솟았다 내려오지 않았다

1939년 경기도 안성에서 출생.

1958년 안성농업고등학교 졸업.

1964년 고려대학교 문리과대학 국어국문학과 졸업.

1960년 시「나팔 서정抒情」으로 동아일보 신춘문에 통해 등단.

1960년 <현대시現代詩> 동인.(~현재까지 활동)

1965년 제1시집『마른 수수깡의 평화平和』(모음사)

1971년 시집『유한有限의 빗장』(예술세계사)

1977년 시집『들판의 비인 집이로다』(교학사)

1979년 시집『매달려 있음의 세상』(문학예술사)

1980년 한국시인협회상 수상.

1981년 이상화 평전『마돈나 언젠들 안 갈 수 있으랴』

1983년 시집『비어 있음의 충만을 위하여』(민족문학사).
　　　　시론집『한국현대시산고』(민족문화사)

1984년 시집『연필로 쓰기』(영언문화사)

1985년 월탄문학상 수상.

1986년 시집『뼈에 대하여』(정음사)

1987년 시선집『따뜻한 상징』(나남). 현대시학작품상 수상.

1988년 시 전문지『현대시학』주간.(~현재까지)

1989년 시선집 『옹이에 대하여』(자선시집, 문학사상사)

1990년 시집 『별들의 바탕은 어둠이 마땅하다』(문학세계사)

1991년 시선집 『말씀의 춤을 위하여』(미래사)

1994년 시집 『몸詩』(세계사)

1997년 시집 『알詩』(세계사)

1998년 한국시인협회 회장 추대.

2000년 시집 『도둑이 다녀가셨다』(세계사)

2001년 공초문학상 수상.

2003년 시론집 『질문과 과녁』(동학사)

2004년 시집 『본색本色』(천년의 시작)

2005년 문학평론가 정효구 교수의 연구로 『정진규의 시와 시론 연구』(푸른사상사). 독일어 번역 시집 『말씀의 춤(Tanz der Worte)』(독일 프랑크푸르트 아벨라사) 출간, 100편 수록.

2006년 대한민국문화훈장 보관 수훈.

2007년 시집 『껍질』(세계사). 시선집 『정진규 시선집』(책만드는집)

2008년 『우리나라엔 풀밭이 많다』(활판시선집, 시월). 현대 불교문학상 수상.

2009년 시집 『공기는 내 사랑』(책만드는집). 이상시문학상
　　　수상.

2010년 만해대상 수상.

2011년 시집 『율려집律呂集 · 사물들의 큰언니』(책만드는집).
　　　김삿갓문학상 수상.

2012년 육필시집 『청렬집淸冽集』(지식을만드는지식)

〖한국대표명시선100〗을 펴내며

한국 현대시 100년의 금자탑은 장엄하다. 오랜 역사와 더불어 꽃피워온 얼·말·글의 새벽을 열었고 외세의 침략으로 역경과 수난 속에서도 모국어의 활화산은 더욱 불길을 뿜어 세계문학 속에 한국시의 참모습을 드러내게 되었다.

이 나라는 글의 나라였고 이 겨레는 시의 겨레였다. 글로 사직을 지키고 시로 살림하며 노래로 산과 물을 감싸왔다. 오늘 높아져 가는 겨레의 위상과 자존의 바탕에도 모국어의 위대한 용암이 들끓고 있음이다.

이제 우리는 이 땅의 시인들이 척박한 시대를 피땀으로 경작해온 풍성한 시의 수확을 먼 미래의 자손들에게까지 누리고 살 양식으로 공급하는 곳간을 여는 일에 나서야 할 때임을 깨닫고 서두르는 것이다.

일찍이 만해는 「님의 침묵」으로 빼앗긴 나라를 되찾고 잃어가는 민족정신을 일으켜 세우는 밑거름으로 삼았으며 그 기름의 뜻은 높은 뫼로 솟아오르고 너른 바다로 뻗어나가고 있다.

만해가 시를 최초로 활자화한 것은 옥중 시 「무궁화를 심고자」(<개벽> 27호 1922.9)였다. 만해사상실천선양회는 그 아흔 돌을 맞아 만해의 시정신을 기리는 일의 하나로 '한국대표명시선100'을 펴내게 된 것이다.

이로써 시인들은 더욱 붓을 가다듬어 후세에 길이 남을 명편들을 낳는 일에 나서게 될 것이고, 이 겨레는 이 크나큰 모국어의 축복을 길이 가슴에 새겨나갈 것이다.

만해사상실천선양회

한국대표명시선100 | 정 진 규

밥을 멕이다

1판1쇄 발행 2012년 10월 2일
1판3쇄 발행 2020년 10월 16일

지 은 이 정 진 규
뽑 은 이 만해사상실천선양회
펴 낸 이 이 창 섭
펴 낸 곳 시인생각
등 록 번 호 제2012-000007호(2012.7.6)
주   소 고양시 일산동구 호수로 688. A-419호
          ㉾10364
전   화 050-5552-2222
팩   스 (031)812-5121
메   일 lkb4000@hanmail.net

값 6,000원

ISBN 978-89-98047-01-6 03810

※ 이 책은 만해사상실천선양회의 지원으로 간행되었습니다.